Henny Schalk te Hennepe

Wassergeister stört man nicht

Henny Schalk te Hennepe

Henny Schalk te Hennepe

Wassergeister stört man nicht

VERLAG JOHANNES HEYN

Umschlagfoto: Hanns Volker Schalk

Gesamtherstellung:
Druckerei Theiss GmbH, A-9400 Wolfsberg
ISBN 3 85366 969 7

Als die Wassergeister tanzten

Spielst du mit mir
sagte das Licht
zum Schatten

spielt ihr mit uns
sagten die Farben des Himmels
zu den Farben des Wassers

spielst du mit uns
sagten die Steine
zum Sand

spielst du mit mir
sagte der Wind
zum blauen Strohhut

am frühen Morgen
als die Wassergeister tanzten
im Tal der Wasserfälle
und reißenden Flüsse
im hellen Licht des Südens
um Maler und Dichter
zu verzaubern

I. ZWISCHEN TÜR UND ANGEL

Ohne Zweifel

Zweifellos
kann es nicht
den geringsten Zweifel geben
dass es keine Sicherheit gibt
sagte der Zweifel
während er zweifelnd
den Kopf hin und her wiegte

ganz ohne Zweifel
hast du unrecht
sagte die Sicherheit
sich in Sicherheit
wiegend

was macht dich so sicher
fragte der Zweifel
die Sicherheit

sicher
ist gar nichts
im Irrgarten der Gedanken

bring dich lieber in Sicherheit
vor den Zweiflern der Welt
die in Gedichten versuchen
die Sicherheit zu untergraben
zweifelsohne
mit an Sicherheit grenzender
Unwahrscheinlichkeit

Zwischen Tür und Angel

Zwischen Tür und Angel
fallen leichthin
die schweren Worte

steigen für Augenblicke
tiefe Gefühle
an die Oberfläche

wendet sich
wortlos
die Wehmut

nimmt
der Abschied sich
auf die leichte Schulter

und macht
die Tür zu
ganz leise

Lebenslüge

Gelogen
alles gelogen

die Verlogenheit
bekommt Füße

und läuft
durch das Land

um
die Lebenslüge
zu suchen

gemeinsam
stolpern sie
auf kurzen Beinen
über alle Hürden

in der Hoffnung
die Wahrheit
nicht zu finden
im Leben
der Belogenen

Schwere Zeiten für Wendehälse

Ein Wendehals
zwei Wendehälse
mehrere Wendehälse
noch mehr Wendehälse
immer mehr Wendehälse
marschierend
in Reih und Glied
in einem Meer von
Wendehälsen

Sie verrenken
den Hals so lange
bis er sich wendet

Armer Wendehals
das hat er nicht
gewollt
er hat das Wenden
nicht gewollt

Jetzt
hat er Halsweh

Block am Bein

Block
am Bein
groß
und schwer

Hinkebein
hüpft
so sehr

Seele
schmerzt
noch mehr
als das Bein
das nie allein
und frei sein kann

Wie viele Blöcke
an wie vielen Beinen
werden mitgeschleppt
Tag und Nacht
Sommer und Winter
so viele Leben lang
bis der Tod sie scheidet
die Schwerelosigkeit sich einstellt
und alle Blöcke davon schweben
auf der Suche
nach neuen Beinen

Die Steine rollen

Steine rollen durch die Welt
den Berg hinunter
den Bach hinunter
in die Täler und
die Schluchten
in reißende Flüsse
und Wasserfälle

Steine rollen durch das Leben
durch die Herzen
die Gedanken
die Gedichte
durch die Zeilen
bis sie das eine Wort finden
Stein
und erstarren auf der Stelle

Immer wirft jemand
den ersten Stein
und viele Steine
steinigen den Stein
die Steinhaufen häufen sich
türmen sich hinauf
werden Steinmenschen
Steinriesen
bekommen Beine aus Stein
laufen durch die Welt
mit Herzen aus Stein
und versteinerten Seelen

die Steinzeit ist zurückgekehrt

Niemand merkt etwas

Nur nicht
das Gesicht
verlieren
nur nicht
die Fassung
verlieren
nur nicht
die Tränen
verlieren

und niemand
sieht etwas
merkt etwas
ahnt etwas

Verlierer
haben nichts
verloren
im Reich
der Gewinner

Wut ist die andere Seite der Angst

Die Wut
überwältigt
die Angst
in einem unbewachten
Augenblick
und schlägt sie
solange
bis sie platzt
vor Wut

Spielregeln

Klein
und lächerlich
machen
das ist die
Spielregel
und immer
fest
draufschlagen
auf die offene
Wunde
bis der Widerstand
weicht

Keine Träume

Im Kopf
waren keine
Träume mehr

sie hatten
die Flucht
ergriffen

dröhnende
Leere
blieb

Schutt
und Asche
rauchten

Schutt und Asche

Die Zeiten des Unheils
währten lange
die versteinerten Männer
mit den starren Augen
und klirrenden Orden
tanzten einen
immerwährenden Reigen
des Todes

Geblieben sind
Schutt und Asche
geblieben ist
das Grauen
geblieben ist
das Weinen
geblieben ist
der Hass

Keine Freiheit

Keine Freiheit
für die
Freiheit

sie wird
von zu vielen
Fesseln gehalten

darf nicht
laufen
springen
vorwärts stürmen
voller Freude

darf nicht
fliegen
in die Unendlichkeit

die Freiheit
darf nicht
frei sein

sitzen
darf sie
in einem Käfig
und langsam
verstummen

nur manchmal
hüpft sie
hinaus

wenn niemand
die offene Tür
bemerkt

doch bald
kehrt sie zurück
sie kann nicht mehr
fliegen

Die Macht der Worte

Ein Wort nur
ein Satz
achtlos hingeworfen
und Abschied liegt
in der Luft
Schwäche zeigt
ihr hässliches Gesicht
Machtgier streckt
ihre Klauen aus
Respekt
schlägt um
in Verachtung

Keine glücklichen Zeiten

Wenn Zuneigung
sich in Abneigung
verwandelt
wenn Geduld
zu Ungeduld wird
wenn Freude
zu Ärgernis wird
wenn Verständnis
zu Befremdung wird
wenn die Erkenntnis
die Maske herunter reißt
das nackte Gesicht
der Schamlosigkeit
zum Vorschein kommt

hat sich die Liebe
in Hass verwandelt
und die glücklichen Zeiten
sind vorbei

Mit unsicherer Gewissheit

Der Preis
ist hoch

büßen
verbüßen
abbüßen

das wirst du mir büßen

Keine Sorge
sie finden schon
den wunden Punkt
die schmerzende Stelle
und schlagen zu

in der unsicheren Gewissheit
die sichere Gewissheit
büßen zu lassen

mir ist alles recht
sagte die Ungewissheit
als man ihr Unrecht tat

dann geschieht dir recht
sagte das Unrecht
und fand
den wunden Punkt

Fallgruben

Wissen
dass die Fallgrube
kommt

hinein fallen

in der Falle
sitzen

keinen Ausweg
sehen

warten
mit gelähmten Muskeln

Angst
höhlt die Seele
aus

aus
alles ist aus

eine Grube
ist ein
Grab

graben
mit bloßen Händen
Hände
werden zu Klauen
die Todesangst
ist unbeschreiblich
die Kräfte wachsen
sprengen die Fallgrube
Sand und Steine explodieren
das Licht ist überall

Nichts

Nichts
ist selbstverständlich
alles
muss man bitter
bezahlen
alles
alles

Tödliche Umarmung

Umklammerung
der Klammeraffen

Große Klammeraffen
sind schwer
und tödlich
ganz langsam
drücken sie uns
zu Boden
nehmen uns die Luft
zum atmen
ersticken uns
im Sand

kleine Klammeraffen
sind lieb und leicht
schlagen Purzelbäume
klettern
auf unsere Schultern
und kichern
in unser Ohr

Wahrheit und Lüge

Letzten Endes
holte die Wahrheit
die Lüge ein
und fragte
warum
hast du
so kurze Beine

die Lüge sagte
um dir die Wahrheit
zu sagen
ich habe gerade
den Yeti gesehen
der hat noch
kürzere Beine

Vorbei

Vorbei
die goldene Zeit
noch zieht
das Grau nicht ein
doch wohl
die Furcht

Gute Miene

Gute Miene
zum bösen Spiel
machen

doch die Miene
macht nicht mehr mit
sie verzieht sich
zur Grimasse
verzerrt sich
im Zorn
weint
vor Wut

sie wird
eine böse Miene
und das Spiel
ist aus

Wachsender Widerstand

Der Widerstand
muss wachsen

hinter der Mauer

in der Zwangsjacke

unter dem eisernen Joch

hinter Gittern aus Stahl

in bitterer Armut

im letzten Abseits

wachse nur
Widerstand

leiste Widerstand
dem Unheil
der Erniedrigung
der Ausgrenzung
der Ausbeutung
dem Unrecht

widerstehe nur
Widerstand
und stehe wieder auf

II. IM LEEREN RAUM

Mit der ganzen Wucht

Mit der ganzen Wucht
ihrer wilden Seele
stürzte sie sich
in das Leben

mit der ganzen Wucht
ihrer heftigen Gefühle
stürzte sie sich
in die Liebe

mit der ganzen Wucht
ihrer brennenden Neugier
stürzte sie sich
in das Chaos

mit der ganzen Wucht
ihres Schmerzes
weinte sie heiße Tränen
als der Abschied kam
unwiderruflich

mit der ganzen Wucht
ihrer Sehnsucht
wird sie sich
in ein neues Leben
stürzen

Mit ruhigen Händen

So gefasst
und traurig

so gedankenverloren
und gebeugt

so zaghaft
und scheu

doch mit Sicherheit
beschützend
das werdende Leben

mit ruhigen Händen
und das Lächeln
nach innen geneigt

Untragbar

Ich wollte sie
retten
doch sie war nicht mehr
zu retten

ich wollte sie
beschützen
doch sie ertrug
keinen Schutz mehr

ich wollte sie
ergründen
doch das Geheimnis war
untragbar

ich wollte sie
tragen
doch die Last war
zu schwer

Im leeren Raum

Keine Mutter mehr
kein Vater mehr
ganz alleine
keine Schwester mehr
kein Bruder mehr
ganz alleine
schwebend
im leeren Raum

der Körper
so schwer und nutzlos
verliert den Halt
die Seele flüchtet
in den hintersten Winkel
versteckt sich
um sich zu retten
bis die glücklichen Tage
wiederkehren
in den Straßen
der goldenen Stadt

Tödlich getroffen

Ihr Gesicht
war so
als ob es
gerade
einen heftigen
Schlag
bekommen hätte

tödlich getroffen

doch dann
setzte sie
schnell
die Maske auf
und lächelte
mit leeren
Augen

Frisch und rein

Benützen
gebrauchen
missbrauchen
fallen lassen
entsorgen
vergessen
verdrängen

Was echte Männer
brauchen
ist jetzt

alles wieder frisch und rein

eine neue Frau
ein neues Kind
ein neues Leben

und alles ist wieder gut
im Märchenland

Mit roten Schuhen

Sie war ausgebrochen
aus dem goldenen Käfig
hatte die Fesseln
abgelegt
die roten Schuhe
angezogen
und war aufgebrochen
in eine Welt
aus Samt und Seide
die wieder
zum Gefängnis
wurde

Zündstoff

Sie
lieferte
den Zündstoff

Er
schlug zu

Es
weinte

Im Reich der Kinder

Warum dürfen Kinder
nicht Kind sein
nicht spielen
nicht staunen
nicht neugierig sein

warum müssen sie tun
was Erwachsene wollen
die meinen zu wissen
was gut ist
und doch nur
die eigene
verlorene Kindheit
suchen
im Reich der Kinder
wo sie nichts
zu suchen haben
zu bestimmen haben
zu erzwingen haben

sondern Kind werden sollen
mit den Kindern
und spielen
und staunen
und neugierig sein

Kinderarbeit

Die Bürde war
zu groß
das Gewicht
zu schwer
die Schultern
zu schmal
die Arme
zu kurz

doch die Hände
die Kinderhände
waren gerade groß genug
um den Teppich zu knüpfen
ganz fein

was für eine Pracht
liegend
im Wohnzimmer
auf glänzendem Parkett

was für eine Schandtat
verbrochen
an einer Kinderseele

wie viele Knoten
sagten Sie
pro Quadratmeter

Verraten und verkauft

Der Verrat
eine uralte Geschichte
Zündstoff
für die Dramen
des Lebens

wie viele Leben
zerstört
wie viele Kinder
zerbrochen

egal
Hauptsache
der Zündstoff
geht nie aus

Kein Fass war groß genug

Sie verlor den Boden
unter den Füßen

schlug dem Fass
den Boden aus

wurde ein Fass
ohne Boden

weil kein Fass
groß genug war

ihre Tränen
aufzufangen

Die große Leere

Vorbei
die glücklichen Zeiten

vergangen
die Liebe

verloschen
das Feuer

verloren
den Halt

gefunden
die Leere

Einen Schlag bekommen

So tun
als ob man nichts
gehört hat

so tun
als ob man nichts
gesehen hat

so tun
als ob man nichts
gespürt hat

und immer noch lächeln

wünschen
ein Elefant werden zu dürfen
mit einer Elefantenhaut
die nichts spürt
und den Rüssel
einrollen

doch das Gedächtnis
hat mitgezählt

Rache ist süß

Süß
ist sie
die Rache

schmeichelnd
ist sie
die Genugtuung

ausgleichend
ist sie
die Gerechtigkeit

verloren
haben sie
die Gewinner

gewonnen
haben sie
die Verlierer

Der verlorene Sohn

Bist du endlich
heimgekommen
mein Junge

fragte sie
den verlorenen Sohn

mit den Augen
erstarrt
in Trauer

mit der Zigarette
achtlos
im Mundwinkel

mit der Hand
ausgestreckt
zum Glas

rauchend
trinkend
rauchend
trinkend

der Verstand
ausgeschaltet
der Blick auf
unendlich

die Sucht
torkelnd
durch
den Körper
auf der
Suche nach
sich
selbst

Torkelnd

Die Sucht
torkelt
durch den
Körper
auf der
Suche
nach dem
Schalter

um
auszuschalten
das
was sich
nicht
ausschalten
lässt

Unaufhaltsam

Sie stürzten sich
ins Meer
gemeinsam

sie waren
ihrem Todestrieb
gefolgt

der aus der Tiefe
ihrer Seele
kam

unaufhaltsam
mit der Gewalt
der Selbstzerstörung

Dampfwalzen

Eine Dampfwalze wälzt
alles nieder
Schotter und Steine
Erde und Wurzeln
Blumen und Tiere
Gefühle und Hoffnungen
unaufhaltsam
dreht sie ihre Walze
schnaubend und knirschend
bis alles grau ist und flach
das Leben sickert
durch die Ritzen
davon

doch nimmt es
die Samen
der Mohnblumen mit

und wartet
auf den Winter

und wartet
auf den Frühlingsregen

sammelt seine Kräfte
und lässt zerbrechliche Stängel
sprießen

rote Blüten
explodieren
in Feuer und Flamme

rollen
einen Teppich
über das Grau

Ganz langsam

Alt werden
wollte sie nicht
leben wollte sie
für immer
in Trubel und Heiterkeit

doch in der Mitte angekommen
hielt sie inne
ganz plötzlich
und betrachtete
ihre Hände
ganz lange
und legte sie
in den Schoß
ganz vorsichtig

schwer wurden sie
vor Müdigkeit
ihre Hände
die Rastlosigkeit langer Jahre
hatte Spuren hinterlassen
und sie wollte alt werden
ganz langsam
um den Frieden
zu finden

Vom seltsamen Ton der Stille

Seltsam
diese Stille
seltsam
dieser Ton
seltsam
diese Geschichte
einer namenlosen Frau

seltsam war sie
und verloren
wie ein Blatt
im Wind
wallend waren ihre Haare
brennend wie Feuer
weiß waren ihre Hände
flatternd wie Flügel

seltsam
waren ihre Geschichten
die Gedanken springend
hin und her

verhangen
waren die Augen
wie stille Teiche

die Trauer
hatte sie noch
seltsamer gemacht

die Zeit
verzögerte sich
unmerklich
bis sie abhanden kam
und gänzlich
verschwand

nur
ein seltsamer Ton
erklang manchmal
in der Stille

III. WASSER UND WIND

Ein reißender Fluss

Tief in der Schlucht
im schäumenden Wasser
schillernd
von aquamarin bis grün
sammelt sich
die Urkraft
ein reißender Fluss
stürzt sich in die Tiefe
keine Ruhe
nur Bewegung
in wilder Schönheit
bis das Wasser
fließt und fließt
unaufhaltsam
in seinem Bett
aus Stein
der Durst
ist groß
stehend am Rande
wartend
aufgewühlt
die Seele
wird reingewaschen
der Durst gelöscht
geballte Kraft ist
im Herzen

Zitronen sind süß

Süß duften
die Zitronenbäume
in salziger Meeresluft

gelb und rund
sind die Früchte
südlicher Heiterkeit

ihr überirdisches Leuchten
füllt noch immer
meinen Kopf
mit Sonne

in kleinen Trinkgläsern
eisgekühlt
warten
limoncello und
crema di lemone

um noch einmal
die Erinnerung wachzurufen
an die Farbe
Gelb

Schwerelos

Nur einmal
so ganz unbeschwert
einen schwerelosen Tag
sich wünschen
doch die Gedenktage
warten schon
lauern
in ihren Löchern
um ihre schweren Köpfe
zu erheben
ihre Greifarme
auszustrecken

Doch die Schwerelosigkeit
lässt sich nicht
einfangen
sie verwandelt sich
in eine Duftwolke
und versteckt sich
im Herzen
einer gelben Rose
mit den Farben
von Sonne und Mond
im Garten der Liebe

Schattenspiele

Welcher Schatten
fiel
auf den makellosen
Sommertag

Schwer
war er
mit der Wucht
einer Gewitterwolke
Blitz und Donner
jagend durch die Luft

Leicht
war er
wie der Schatten
einer Schwalbe
ein flüchtiger Hauch
nur

In der Dämmerung

Zaghaft dämmert
die Dämmerung
vor sich hin

grau
ist ihre Farbe

ungreifbar
ihre Gestalt

in Nebel gehüllt
ihr Gesicht

unmerklich
verliert sie sich
in der Dunkelheit

Nebelschwaden

Der Himmel
und das Meer
haben sich vereint
im Nebel

schemenhaft gleitet
in der Ferne
ein weißes Schiff
lautlos vorüber

es gibt keine
strengen Linien mehr
alles verschwimmt

die Wassergeister
tanzen
einen Reigen

die Möwen rufen
mit heiseren Stimmen
ihre Flügel so grau
wie der Nebel

die große Welt
ist ganz klein
geworden

überschaubar
geborgen
ruhig

die Seele
kann sich
verkriechen

unter weißen
Nebelschwaden
leicht
wie Federn

Geliebter Nebel

Der Nebel ist
barmherzig
verschleiert
den Blick
mildert die scharfen
Konturen

blendet
das grelle Licht
der Sonne aus

verdeckt
das Azurblau des Himmels
schmerzend an den Augen

Nebelschleier gleiten
wie weiße Schatten
über Wasser und Wiesen
in sich selbst versunken

machen die große
und laute Welt
klein
still
geheimnisvoll

Tropfen für Tropfen

Tropfen
für Tropfen

Regentropfen
Wassertropfen
Tränentropfen

perlen
hinunter

lösen
sich auf
in glasklare
Leichtigkeit

Tropfen
für Tropfen

In meinem grünen Garten

Grün
ist das Gras
unter meinen Füßen

grün
ist das Blätterdach
über meinem Kopf

grün
sind die Träume
in meinem grünen Garten

grün
ist der Specht
der auch hier
wohnen möchte

Und es regnet

Und es regnet
als ob die Sintflut
kommen wird

um noch einmal
die Welt
unter Wasser
zu setzen

um noch einmal
eine Arche
bauen zu lassen

um noch einmal
einen Olivenzweig
zu brauchen

von einem
kleinen
Olivenbaum

ausharrend
im Regen
nass
bis in die Wurzeln

wartend
auf die weiße Taube
und die Sonne

Träumende Bäume

Können Bäume
träumen

nur
wenn man sich
ihnen zuneigt
während sie
schweigend stehen
in der Dunkelheit
und bleiches Mondlicht
den Garten der Liebe
erhellt

die Blätter verlassen
die Bäume
begraben
ihre Träume
und warten
bis klirrende Kälte
sie verzaubert

Altweibersommer

Die Blätter tanzen
im alten
Nussbaum
sie tanzen
hin und her
im leichten Hauch
berühren sie
die grüne Erde
rund und prall
sitzen Walnüsse
an kleinen Zweigen
reifen langsam
vor sich hin

Der Altweibersommer
legt seine glitzernden Netze aus
die Blumen wiegen wissend
ihre Blütenköpfe
in geballter Schönheit
Farben explodieren
wogen in Wellen durch die Beete
und ahnen
dass ihre Leuchtkraft
lodern wird
bis das Feuer gelöscht wird
vom kühlen Hauch
des Winters

Wasser und Wind

Nur die Schwalben
hörten wir
in einem großen Chor
am Himmel singen
sich versammelnd
vor dem Abflug in ferne Länder
die Abenddämmerung
breitete sich golden
über das spiegelnde Wasser
mit Wind in weißen Segeln
fing das Boot zu schweben an
Erlenblätter tanzten
durch die Luft
senkten sich auf den See
ließen sich treiben
auf den Wellen
zum letzten Mal
und wir wussten
der Sommer ist
vorbei

Als ob nichts gewesen wäre

Als ob nichts
gewesen wäre

keine Träume
im Schatten der Bäume
keine Reigen
im Kreise der Geister
kein Schlaf
in der Tiefe
der Schlucht
keine Fußabdrücke
im Ufersand

nichts
gar nichts

nur ein Echo
manchmal in der Ferne
von den Stimmen
der Wassergeister
lachend und singend
als ob nichts
gewesen wäre

IV. WASSERGEISTER

Ankommen

Ankommen
mit dem Koffer
in der Hand

einem Koffer
voller
Kostbarkeiten
Zauberworte
Geschichten
Geheimnisse
Farben
und Bilder

aus dem Reich
der Wassergeister

Ungerufen

Habe ich dich
gerufen

nein
ungerufen
kamst du
aus der Tiefe
des Meeres
mit deinem Kuss
aus Feuer

damit ich
wieder weiß
dass du da bist

ein tanzendes
Wesen
mit unendlich vielen
zärtlichen Armen
und schillernden
Farben

Schönheit
bringt Schmerzen

auch
unter Wasser

Nicht tief genug

Keine Tiefe
ist tief genug

um die ungerufenen Geister
zu versenken

sie bleiben nicht
in ihrer Höhle

strecken ihre feinen
Fangarme aus

und steigen auf
um ihren Kuss aus Feuer
zu hinterlassen

Haben sie uns gerufen

Nein
ungebeten
kamen wir
um in ihr Reich
einzudringen

Fremdkörper
müssen
vertrieben werden

Wassergeister

Wassergeister
stört man
nicht

ungestört
wollen sie
bleiben

herumgeistern
in zeitlosen Tiefen
wie von Geisterhand
gelenkt

Wassermassen durchqueren
mit durchsichtigen
Fangarmen

um andere Wassergeister
zu finden
mit schillernden
Farben
und Herzen
aus Meeresschaum

und zu tanzen
schwerelos
den Tango
von Leben
und Liebe

einander
ganz verfallen
zusammengerollt
die zahllosen
zärtlichen Fangarme

kleine Wassergeister
lassen nicht lange
auf sich warten
geistern staunend
durch das wogende Wasser
in der Wiege des Meeres

Alles oder nichts

Alles oder nichts
sagte das Eichhörnchen
als es mich ansah
bevor es den Baum
hinauf kletterte
wohl wissend
dass alles
besser ist
als nichts

Stoßgebet

Nur keine Träume
Träume bitte nicht

Nur keine Alpträume
Alpträume bitte nicht

Nur keine Ungeheuer
unter Wasser
Ungeheuer
unter wogendem Wasser
bitte nicht

Ist es der untergegangene Feuervogel
oder der feuerspeiende Drache

Egal
ich will sie nicht
in meinen Träumen
in meinen Träumen
nicht

Und sonst
auch nicht

Der Tiger und die Taube

Lange
liegt er
auf der Lauer

der Tiger
gestreift
mit den Farben
der Wildnis
Hunger nagend
im Bauch

geballte Kraft
vor dem
Sprung

die graue Taube
verharrt
an ihrem Platz
bis zum letzten
Augenblick

wissend
dass Tiger
keine Flügel
haben

Mutter-Kind-Grasen

Spring nur
kleines Kalb
spring nur
in die Luft
mit unbeholfenen Beinen
und erheitere
unsere Tage

durchbrich
den Ernst des Lebens
mit wilden Sprüngen
in unbändiger Freude

dann schaue
erstaunt herum
ob niemand
dich gesehen hat

laufe wieder
zu deinen Schwestern
und Freundinnen

friedlich grasend
auf der grünen Weide
mit ihren großen
schaukelnden und
schnaufenden
Kuhmüttern

Kein Tafelspitz mehr

Nein
ich werde euch
nicht mehr
essen

Freundinnen
sind nicht
zum essen da

nur noch
die Milch
duftend warm
werde ich nehmen
und den würzigen Käse

Ja
ich schäme mich
Schamrot überzieht
meine Wangen
wenn ich an eure
freundlichen Gesichter
denke
mit den ahnungslosen
Augen

Vielleicht
könnt ihr mir
verzeihen

die Gier
ist ein fresssüchtiger
Teufel

und ihr
größer als wir
seid zufrieden
mit Gras
und Kräutern
und Tautropfen

schreitend
wie Königinnen
in eurem Reich
der heiligen Kühe
dem Himmel etwas näher

V. DIE MAUER

Wo kämen wir hin

Komm nur
und trete ein
in mein Reich
und sinke
in meine Arme
um endlich
geliebt zu werden
du Feigling

Nichts
kann mich abhalten
dich abgrundtief
zu verachten

Versuch nur noch einmal
mich zu kränken
und ich werde kein Feigling
mehr sein

ich werde
mit geschliffener Zunge
dich niederprügeln
und sagen

Wo kämen wir hin wenn alle sagten wo kämen wir
hin und niemand ginge
um zu sehen wohin man käme wenn man ginge

Du wirst schon sehen
wo du hinkommst
wenn du hingehst

Schwimmender Drache spielt mit Phoenix

Das Spiel ist aus
sagte der Feuervogel
zum schwimmenden Drachen
ergriff ihn mit den Klauen
und nahm ihn mit
in den Himmel
der grausamen griechischen Götter

Das Spiel ist aus
sagte der schwimmende Drache
zum Feuervogel
ergriff ihn mit den Klauen
und versenkte ihn
brennend
ins brodelnde Wasser

Unzufriedenheit

Warum
bist du so unzufrieden
fragte die Zufriedenheit
die Unzufriedenheit
seufzend
vor satter Zufriedenheit
nach dem Vertilgen
einer himmlischen Speise
mit dem Namen
Schwimmender Drache
spielt mit Phoenix

doch die Unzufriedenheit
ließ sich nicht vertreiben
wurde zu einer alles verzehrenden
Flamme
und fraß
die Zufriedenheit
mit Haut und Haaren
bis nur noch
glühende Asche
übrig blieb

I. Die Mauer

Bruchstelle
der Gedanken
Bruchstelle
des Lebens
Wendepunkt
und Todessehnsucht

wie viele Leben
sind zerbrochen
an den Mauern
des Hasses
der Ohnmacht
der Gleichgültigkeit

Gib mir meine Mauer
und ich werde sie
durchbrechen
auch wenn ich
mit dem Leben
bezahlen muss
mit diesem unbezahlbaren
Leben
in dem die Liebe
wohnt
die unsterbliche

Die Mauer
kommt näher
wird zu meinem Freund

Freunde
lässt man nicht
im Stich

II. Die Mauer

Die Mauer
der Gedankenlosen
Ignoranten
Herzlosen
wurde gebaut
steht noch grau und groß
wird immer bleiben
immer höher werden
die Fenster werden zugemauert
die Notausgänge werden verschlossen
es wird kein Entkommen geben
für die Hoffnungslosen
eingemauert
werden sie versuchen
mit dem Kopf
durch die Wand
zu brechen

III. Die Mauer

Man könnte ja auch
hinein fahren
in die Mauer
mit gnadenloser
Geschwindigkeit

man könnte ja auch
sterben wollen
an der Mauer
mit gnadenloser
Geschwindigkeit

um nicht
leben und sterben
zu müssen
mit gnadenloser
Langsamkeit

IV. Die Mauer

Man könnte ja auch
stehen müssen
vor der Mauer
mit verbundenen Augen
die Hände gefesselt
und warten
sterbenslang
zwischen Leben
und Tod

V. Die Mauer

Die dunkle Mauer
die auf mich
zukommt

muss ich
mit dem Kopf
hindurch

oder
kann ich
drüber klettern

Erschöpft

Die Reserven
sind erschöpft
die Geduld
zu Ende
die Kraft
in kleine Stücke
zersägt
das Lachen
eingefroren

der Widerstand
formiert sich
die Befreiung
aus der Knechtschaft
wird gefordert

Ein kleiner
Schritt
nur

lass mich
wieder
stark sein
lass mich
wieder
ganz sein

Zerrissenheit

Zerflattert
zerfleddert
hin und her gerissen
stehend zwischen Tür und Angel
am Sprung zwischen zwei Welten

doch solange
die Worte noch
zu mir kommen
trotzdem
oder deshalb
ist meine Daseinsform
Überlebensform
die Ruhe
in der Zerrissenheit

Ruhe
komm zu mir
nimm mich in deine Arme
lass meinen müden Kopf
auf deine Schulter sinken
die schweren Gedanken davon gleiten
und lass uns schweigend stehen
zusammen
bis die Dunkelheit weicht

Bodenlos

Ein Fass
ohne Boden
noch ein Fass
ohne Boden
überall
Fässer
ohne Böden
sie rollen
auf mich zu
versuchen mich
zu überrollen
in Grund und Boden
zu rollen
die Angst steigt
fassungslos
ins Bodenlose
und niemand
kann sie fassen
sie wird ein Fass
ohne Boden

Und der Haifisch

Und der Haifisch
der hat Zähne

Ich möchte auch
Zähne haben
und zubeißen
und nicht mehr
auslassen
auslassen nicht
nicht
um die Welt

da werden sie schreien
die falschen Freunde
und Mauerbauer
die Ignoranten
und Chaoten
die Schamlosen
und Zerstörer
die Bonzen
und Mächtigen
ohne Ehre
ohne Würde
ohne Herz

und ich werde
noch fester zubeißen
und sie schütteln
und sie zwingen
dieses Gedicht auswendig
aufzusagen bis sie
um Gnade flehen

Traurig wird er
der Haifisch
ganz plötzlich
und er freut sich nicht mehr
über seine messerscharfen Zähne

eigentlich
denkt er
könnte ich ein zahnloser
alter Haifisch werden
dann muss ich nicht mehr zubeißen
und darf endlich auslassen
loslassen
mich treiben lassen
mit den Wellen
und alleine sein
mit meinen Gedanken

lange lässt er sich
vom Wasser tragen
immer leichter wird er

bis ein grauer Schatten kommt
mit gnadenloser
Geschwindigkeit

Und der Haifisch
der hat Zähne

So tun als ob

Ich tue nur so
als ob mir das alles
nichts ausmachen würde

ich schaue nur so
mit nach innen
gekehrten Augen

ich bewege mich nur so
mit zurückhaltenden
Händen

zwischen den Bergen
so gnadenlos
hoch und grau

um nicht das Gleichgewicht
zu verlieren
auf der Gratwanderung
am höchsten Berg

weil das Leben
Leidenschaft ist
und lieben und leiden
bis zum letzten
Lebenszeichen

Die Zeiten sind vorbei

Ich gehe
in keine Tretmühle mehr
die Zeiten sind vorbei

ich falle
in keine Fallgrube mehr
die Zeiten sind vorbei

ich mache
keine gute Miene mehr
zum bösen Spiel
die Zeiten sind vorbei

ich setze nicht mehr
die Freiheit aufs Spiel
sie ist mein höchstes Gut

ich werde sie verteidigen
mit Zähnen und Klauen

ich werde sie hüten
wie eine Mutter
ihr verlorenes Kind hütet
das wieder gekommen ist
als die Zeiten vorbei waren

Steil hinauf

Frei
befreit
aus der Knechtschaft
Befreier machen frei
frei sein
Zeit haben
freie Zeit haben
unfrei nie mehr
unfroh nie wieder

Freiheit
fliegen
steil hinauf
im Aufwind schweben
in großen Kreisen
schneller als der Wind

Froh sein
vor Freude überschäumen
tanzen singen
Musik erklingt

Still werden
nach innen lauschen
um die Quelle zu hören
ganz leise

Der Ofen ist aus

Aus

der Ofen
ist aus

das Herz
erkaltet

die Seele
friert

zieht sich
weiche Wollsocken
an

holt sich
eine warme
Decke

und
schleicht sich
davon

um die Wärme
woanders
zu finden

dort
wo die bunten
Farben wohnen
die Feuerfarben
voller Glut
und Leben

wo leichte Füße
um das Feuer herum
tanzen
fliegen
schweben

VI. WARTEN
AUF DAS ERSTE WORT

Randvoll

Lass
die erste Seite
leer sein

doch leer
will sie nicht
bleiben

füllen
möchte sie sich
mit bunten Träumen

von den nächsten Seiten
die noch warten
um geschrieben
zu werden

voll
randvoll

Brodelnd

Brodelnd
der Brunnen
keine Stille mehr
das Wasser
wogt wie
wild
weil
die heiße Quelle
aufbricht
tief
in der Erde

Meine fremde Geliebte

Heimat
wo bist du

Nicht in den
unendlichen Ebenen
leer von Menschen
mit jagenden Wolken
über große Verlassenheit

nicht
auf den hohen Bergen
voller Steine
und Geröll
am Rande tiefer Abgründe

Das Gleichgewicht
wiegt mich in den Armen
in meiner einzigen Heimat
die Sprache ist es
meine fremde Geliebte
treue Gefährtin
geduldige Zuhörerin
versteckte Quelle
geheime Macht

Muttersprache
wo bist du geblieben
verschollen
in der fremden Heimat
vergraben
zugedeckt
mit Blumen umrankt

manchmal
in holprigen Sätzen
kommst du zu mir
gibst mir deine Hand
die ich wehmütig erfasse

Warten auf das erste Wort

Gedichte sind
Momentaufnahmen
sekundenlang beleuchten sie
einen kleinen Ausschnitt
vom Leben
alles steht still

Gedichte brauchen
die vielen Worte nicht
sind genügsam
sparsam
verwenden Fragmente
der Sprache

Gedichte warten geduldig
auf das erste Wort
kommen aus den Räumen
zwischen den Zeilen

tanzen federleicht
über die Seiten

setzen sich fest
ins Gedächtnis

und streicheln behutsam
die lauschende Seele

Auf einer alten Brücke

Lass mich
diese eine Stelle
finden nur
den geheiligten Mittelpunkt
der Ruhe
konzentrierte Stille
im Niemandsland

die Seelen aus
vergangenen Zeiten
tanzen einen Reigen
lautlos sind ihre Schritte
ein Hauch streift
meine Stirn

verharrend regungslos
spüre ich
geheime Mächte
mich umwehen
um das Gewicht der Worte
mitzutragen

Faltenfroh

Linien
was für Linien
das sind
Falten
fröhliche
und traurige Falten
in meinem Gesicht
die werden gehegt
und gepflegt
ich bin stolz
auf sie
es hat
viel Mühe gekostet
bevor sie sich
eingenistet haben
und nun
bleiben sie da
um mich heiter
und nachdenklich
zu stimmen
mit ihren
Geschichten

Treue Gefährten

Ist es nicht
die Verzweiflung
die zur Höchstleistung
treibt

Ist es nicht
die Wut
die das Fass
zum überlaufen
bringt

Sind es nicht
die ungeweinten Tränen
die das Schweigen
brechen

Ist es nicht
die Wunde
tief versteckt
die zur Quelle wird

Ist es nicht
ein Wunder
mit den Jahren
haben sie ihren Schrecken
verloren
sind treue Gefährten
geworden

Das Fest der Worte

Klingen durften sie
und klagen
flüstern und sprechen
durch den Raum wogen
mit der Musik
die Seelen stiegen auf
und schwebten wie kleine Wolken
am Himmel
um den Worten
zu lauschen
schwankend
hin und her
Trauer und Freude
berührten die Herzen
ein rauschendes Fest der Worte
wurde gefeier

Abgehoben

Abgehoben
schwebend
im Raum
dem Grau entkommen
Gold breitet
seine Strahlen aus
alles glänzt

Sternstunde

Keine Macht
der Welt
kann
eine Sternstunde
stören

unzerstörbar
ist sie
für alle Zeiten

leuchtend
wie ein fremder Stern
mit immerwährender
Strahlkraft

Schwerelos

Wieder
zu sich kommen
sich finden
die Stille umarmen
und atmen hören
versinken
in die Tiefe
und schweben
schwerelos

Die Geliebte

Die Poesie
ist eine Geliebte
die nicht
warten kann

sie überfällt einen
mit lockenden Worten
heftigem Drängen
mit dem Feuer der Leidenschaft
angefacht
aus glosender Glut

Im Mittelpunkt

Hier
an diesem Platz
in meinem Haus
im Mittelpunkt
meiner kleinen Welt
möchte ich langsam
alt werden
und weise
umgeben
von den Spiegelbildern
meines Lebens

Morgenstunden

Könnte ich
doch immer
in den goldenen
Morgenstunden
an diesem blauen
Schreibtisch
sitzen
in die Ferne
sehen
und ganz nah
bei mir sein
um die Worte
zu begrüßen
die sich zu mir
gesellen
für kurze Augenblicke
um Freunde zu werden
für immer

Einsam und allein

Lass mich alleine sein
in meinem Haus
lass mich einsam sein
den Menschen ferne
mit giftigen Gedanken
giftigen Worten
giftigen Stacheln

Lass mich alleine sein
und ich werde nicht
einsam sein
Gedanken und Gefühle
Erinnerungen und Träume
werden meine Gefährten sein
die freundlichen Hausgeister
werden meine Wege kreuzen
und mich streifen
mit leichtem Hauch

Ein immerwährender Reigen

Wo sind wir
geblieben
wo sind wir
stehen geblieben
warum sind wir
stehen geblieben
Gedanken
können nicht
stehen bleiben
sie tanzen
einen Reigen
einen immerwährenden Reigen
in meinem Kopf
ich möchte fort
den Tanzboden verlassen
doch der Traumtänzer
hält mich fest
in seinen Armen
sein Gesicht ist
in Nebel gehüllt
meine Füße
bewegen sich
meine Arme
bewegen sich
ich bin eine
Marionette
und muss
einen immerwährenden Reigen
tanzen

Tobsucht

Die Tobsucht
hat sich
ausgetobt

die Sucht
ist geblieben

das Toben
torkelt
durch
die Zeilen

auf der Suche
nach der
Sucht

Die große graue Decke

Ich spüre schon
die große Müdigkeit
heran kriechen
die allumfassende
niederwalzende

ich spüre schon
die Augenlider
schwer werden

doch noch
muss ich mich
aufrecht halten
muss die Augen
offen halten

bis der Tag
gekommen ist
um unter die große
graue Decke der Trauer
zu kriechen

Angeschlagen

Angeschlagen
von allen Seiten
die Wunden
heilen schwer
warum
soll ich mich nicht
einrollen
einigeln
in mein Stachelkleid
und lange verharren
in der schützenden
dunklen Hülle
warm und weich
und wenn eine zarte Stimme
mich ruft
weiß ich
dass es die Muse ist
die mit lockenden Worten
auf mich wartet
und ich werde keine
Stacheln
mehr brauchen

Auf einem anderen Stern

Sie war
wie auf einem anderen
Stern

die Augen
verhangen

die Bewegungen
verlangsamt

die Gedanken
verloren

die Worte
vergessen

die Erinnerungen
ausgelöscht

die Hoffnungen
begraben

doch ganz langsam
fing der Stern
von innen
zu leuchten an

Wiedergefundene Leichtigkeit

Nicht mehr
mit fremden Farben
geschmückt

nicht mehr
hinein gezwängt
in die Zwangsjacke

nicht mehr
ferngesteuert
wie eine Marionette

vereinnahmt
eingekocht
verausgabt

nur noch
leben
lieben
lachen

mit wiedergefundener
Leichtigkeit

Von Abschied zu Abschied

Von Abschied
zu Abschied

verloren
die Menschen
verloren
die Häuser
verloren
die Bäume
verloren
die Blumen

doch
die Geschichten
bleiben
leben weiter
in der Erinnerung
bis der Tag gekommen ist
der glorreiche Morgen
an dem sie für immer
verewigt werden

Warum bist du so schön

Und ich werde
einschlafen
in den Armen
des grünen Nussbaumes
und wünschen
nie mehr
aufwachen zu müssen
und die leuchtenden Herbstblätter
werden fallen
eines Tages
und meinen zerbrechlichen
Körper bedecken
und der Winter
wird kommen
mit seinem eisigen Hauch
und mich erlösen
und die Gedichte
werden in den Zweigen
hängen bleiben
und ihre Zauberworte
werden flüsternd erklingen
in stillen Mondnächten
im Garten der Liebe
und die Meerjungfrau
wird erwachen
in ihrer verwunschenen Nische
von Weinranken umspielt

und langsam die Silben sprechen
damit die Kinder
die Zaubersprache lernen
bevor es zu spät ist
und nicht weinen müssen
wenn die Zauberfee
entschwunden ist

Warum bist du so schön
Meerjungfrau

Fest verwurzelt

Baumgedichte
fest verwurzelt
mit der Erde
dringen sie in die Tiefe
zu unterirdischen
Quellen
um zu trinken
sich zu laben
den Durst zu stillen
in langen Zügen

die Worte schlingen sich
um die Wurzeln
winden sich weiter
in der Wärme
der großen Mutter Erde

im ewigen Kreislauf
steigen sie auf
durch den Baumstamm
fließen durch Äste und Zweige
tanzen durch die Blätter
im wilden Rausch
und flüstern ihre Silben
in den Wind
der vom Himmel kommt

Die Katze sitzt
unter dem Baum
legt ihre Schwanzspitze
um die vorderen Pfoten
in unnachahmlicher Eleganz
und wartet
bis sie fest verwurzelt ist

Und wenn es Nacht wird
erscheint das weiße Pferd
entschwindet in die Luft
fängt an zu schweben
und reitet durch die Bäume
während die Zauberworte
sich festhalten
an seiner weißen Mähne
flatternd im Mondschein

sie wollen nicht
fest verwurzelt sein
sondern fliegen und frei sein

Nach dem neunten Leben

Das neunte Leben
wird kommen
ich werde eine weiße
Katze sein
den elfenbeinernen Turm suchen
und neunhundertneunundneunzig Stufen
hinauf klettern
im Turmzimmer
werde ich meinen Platz
einnehmen auf dem
blauen Schreibtisch
während goldenes Licht
den Raum durchflutet
durch die halbgeschlossenen
Lider werde ich aus dem
runden Fenster schauen
doch niemandem erzählen
was ich gesehen habe
weil nicht mit irdischen Worten
beschrieben werden kann
was unbeschreiblich ist

und nach dem neunten Leben
wird das Schweigen
seine Flügel ausbreiten
und mich umhüllen

Wasserfrauen

Da darf sie
niemand
stören

in den Zeiten
der Einkehr

um nicht
die Muse
zu vertreiben

wartend
am Eingang
des Zauberpalastes

gebaut für
Wasserfrauen
und andere
Geister

Wage den Sprung

Das Glück
hat mich nicht
verlassen
es breitet
seine Arme aus
und wartet
bis ich den Sprung
wage

VII. EIN UNSICHTBARES BAND

Unsichtbar

Ein unsichtbares Band
verbindet
unsere Seelen
liest
unsere Gedanken
spürt
das Gewicht der Liebe
wachsend mit den Jahren
und neigt sich
uns zu
in zärtlicher
Verbundenheit

Schweigend

Lass uns schweigend stehen

in den Tautropfen
der Morgendämmerung

in der leichten Brise
der Abenddämmerung

in der Ruhe
bevor die Schwalben kommen

in den Augenblicken
bevor die Blätter fallen

in der Stille
zwischen den Zeilen

vor dem Wunder
der Liebe

Feuer und Flamme

Das Feuer
ist noch nicht
gelöscht
die Glut
noch nicht
verglommen
die Wärme
noch nicht
erkaltet
die Liebe
noch nicht
vergangen

Wie ein Schleier aus Wasser Wind und Wolken

Die Wassergeister
ziehen sich
durch unser Leben
wie ein Schleier
aus Wasser
Wind und Wolken

ich halte
das eine Ende
du das andere
mein unergründlicher
Wassergeist

wie tief
ist das Moor
unserer Träume
worüber wir schwebend
tanzen

bevor wir versinken
halten wir uns fest
am unzerreißbaren Band
der Liebe

Verschwommen

Verschwommen
die Linien in der Ferne
weiß und grau

verschwommen
die Linien
der Gedanken

sie verschwimmen
wie der Regen
am Eis

das Wasser schmilzt
das Eis
das Weiche löst
die Härte auf

Schneeflocken
werden
Regentropfen
blauer Himmel
wird
grauer Nebel

Gestern noch
schwebten wir
im Gleichschritt
über das spiegelnde Eis
begleitet
vom Flügelrauschen
zweier weißer Schwäne
einander verfallen
für ewige Zeiten
Spiegelbilder
unserer unsterblichen Liebe

Der Reigen

Und in der Leidenschaft
liegt die Liebe
und in der Liebe
liegt das Leiden
und im Leiden
liegt das Leben
und im Leben
liegt der Tod

Das Wunder der Liebe

Die Wurzeln zweier Leben
für immer
miteinander
verwachsen

die Wurzeln der Liebe
immer tiefer
werdend

sie lassen sich
nicht mehr
entwirren
entwurzeln

halten sich
zärtlich
in zahllosen
Umschlingungen

Das Wunder der Liebe
erblüht
aus den Wurzeln

wie zwei alte Rosen
am zierlichen Rosenbogen
sie neigen sich
einander zu
in Duft
gehüllt

Philemon und Baucis

Unsterblich
soll unsere Liebe
sein

blühen
soll sie
im Verborgenen

brennen
mit lodernden Flammen
im Angesicht
der Welt

verwandelt werden
soll sie
in zwei Bäume
die Kronen einander zugeneigt
und flüsternd sprechend
mit den Blättern
rauschend
im Wind

Wenn ich eine Rose wäre

Und wenn ich
eine Rose wäre

würde ich die Farbe
von Alabaster haben

und den Duft
von Honig und Vanille

ich würde wohnen
in einem verwunschenen
Winkel

im Halbschatten
der Zwischenräume

im Dämmerlicht
der weißen Birke

und ich würde
blühen und duften
und blühen und duften
um meine kleine Welt
zu betören

um die Menschen
die mich lieben
zu verzaubern
in den Augenblicken
der Zuneigung

Die Elfenkönigin

Sind dir
auf zauberhafte Weise
zwei kleine Flügel
gewachsen
und bist du
eine Elfe geworden
um im Wald
zu wohnen
und die Elfenkönigin
zu suchen

dann
hat das Glück
dich gefunden

vielleicht
wohnt im Wald
auch
ein Elfenprinz

Aus heiterem Himmel

Manchmal
Kind
wenn deine Augen
meine suchen
kann ich noch
die andere Welt
erahnen
aus der du
gekommen bist

Manchmal
wenn deine kleine Hand
in meiner ruht
kann ich noch
das Band spüren
unzerreißbar
das uns verbindet

Manchmal
wenn ich dich wiege
in meinen Armen
steigen Wellen in mir hoch
von Wärme
und Verwunderung

Das Glück zeigt
sein lachendes Gesicht
aus heiterem Himmel

Wie gut

Aus heiterem Himmel
Kind
hast du angeklopft

wolltest auf dieser Erde sein
mit uns

um uns zu rühren
mit deiner inneren Kraft

um uns zu erweichen
mit herzzerreißendem Weinen

um uns zu erheitern
mit deinem zaghaften
Lächeln

um uns zu erinnern
an das Glück
vergangener Tage

um uns
in Sicherheit zu wiegen
für alle Zeiten

Wie gut
dass du
gekommen bist

Ein Windhauch nur

Lass mich
ein Windhauch
sein
und die grünen Blätter
heben
ganz leicht

Lass mich
ein Windhauch
sein
und streichen
über weiße Seiten
auf denen Worte
Sätze bilden

Lass mich
ein Windhauch
sein
wodurch
die Glockenblumen
silbern läuten

Lass mich
ein Windhauch
sein
damit
die kleinen Kinder
staunen
wenn ich zärtlich
ihr Gesicht
berühre

Staunend

Gib uns
das Staunen
der ganz kleinen
Kinder wieder

ihre Unschuld
ihre Neugier
ihre Weisheit

sie hören das Rauschen
der Blätter in den Bäumen
und erkennen
das Wunder
der Schöpfung

und lernen
das Leben
zu lieben

VIII. VERGESSEN NICHT

Noch einmal

Könnte ich dich
noch einmal
in meine Arme
nehmen

könnte ich dich
noch einmal
wiegen
und trösten

würde ich dich
nie mehr
für immer
verlieren

Wieder gefunden

Wieder gefunden
der Duft
aus dem Haus
der Kindheit

der Duft nach Holz
auf einem alten Dachboden
Sonnenstrahlen geistern
suchend herum

der Duft nach Holz
aus dem Zauberwald
frisch geschnitten
harzig und rein

der Duft
nach den glücklichen Stunden
spielender Kinder

Vergessen nicht

Wie könnte ich
dich
jemals vergessen

wie könnte ich
jemals
die Erinnerung auslöschen

die Kindheit war
das gemeinsame Reich
mein Bruder

das Leben trennte
unsere Wege
doch die Liebe knüpfte
ein unsichtbares
Band

der Tod wartete
an der letzten Kreuzung
einer Landstraße
im Dorf unserer Kindheit
wo du nicht
leben wolltest

es war Sommer
die Kornfelder waren
voller Gold

Im Dorf der Kindheit nicht

Im Dorf der Kindheit
durfte ich nicht
Kind sein
nicht unbeschwert
und heiter
der Würgegriff
legte sich langsam
um den Hals

Ich konnte fliehen
in die Berge
lange schon
hatten sie auf mich
gewartet
in ihrem Schutz
will ich für immer
bleiben

Und die Liebe?

Ja
die wohnte auch
in den Bergen

Umkehren

Der Tag
will nicht
weichen

will keinen
Abschied nehmen
von diesem Gedenktag

Die Dämmerung zögert lange
an der Schwelle
zur Nacht
lässt
Nebelschleier steigen
Wassergeister tanzen und rufen
mit lockenden Stimmen
um ihnen zu folgen
in die Tiefe
der Teiche

zaudernd
stehe ich
und erkenne das alte
brennende Verlangen
meiner anderen Seele

Die Stimme des Lebens
ist stärker
noch einmal
kommt die Sonne
in einer gewaltigen Woge
aus Gold
um die Dunkelheit
zu vertreiben

Umkehren
ist nur
ein kleiner Schritt

Kinderlachen
wartet
in der warmen Stube

Ein unsichtbares Band

So werde ich sie immer
vor mir sehen
hinter dem Fenster
meine alte geliebte Nachbarin
mit gebeugtem Rücken
die Schürze sauber vorgebunden
die Hände andächtig
göttliche Speisen bereitend
für die Hungernden
nach der Liebe einer Mutter

keine zu große Nähe
konnte ich ertragen
die Angst war zu groß
noch einmal eine Mutter zu verlieren
die nicht
meine Mutter war

nur die Schürze knüpfte
das unsichtbare Band
zu meiner Mutter
die auch mit gebeugtem Rücken
und andächtigen Händen
das Essen zubereitete
für mich
für uns

Eine Hand voll Sterne

Eine Hand voll Sterne
schenkte sie mir
leichthändig
der Körper
schon sterbend
der Geist noch
hellwach

auch Sonnen
Monde und Engel
waren dabei
schimmernd
sollten sie
den Weihnachtstisch
schmücken

und im kommenden Jahr
am Heiligen Abend
wird sie nicht mehr
auf dieser Erde sein
doch eine Hand voll Sterne
wird die Erinnerung
wach rufen
an ein vergangenes Leben
nicht weit von hier

Nur noch ein Hauch

Nur noch ein Schatten
war sie
bevor der Tod
sie holte

nur noch ein Hauch
war sie
als der Engel ihr
seine Hand reichte

nur noch Freude
war sie
als das Licht
überall war
und alles Leid
überstrahlte

nur noch Kind
war sie
als sie endlich
Zuhause war

IX. LETZTENDLICH

Verlassen

Die Verlassenheit wird größer
mit den Jahren
sie nimmt den Platz ein
der Verlorenen
den sie nicht
füllen kann
mit ihrer
Leere

Letztendlich

Letztendlich
gibt es
keine Heilung
für das Leiden
im Leben
weil
letztendlich
nur der Tod ist

Rätselhaft

Warum
sterben die Menschen
in den Häusern
die mich umringen

warum
folgt der Tod mir
auf den Fersen

warum
breitet sich
Schwermut aus
auf allen meinen Wegen

Rätselhaft
ist das Leben
bevor der Tod
die Rätsel löst

Nichts kann man sich ersparen

Zuerst
wurde mir
der Anblick
erspart

dann habe ich
mir selber
den Anblick
erspart

jetzt will ich mir
keinen Anblick mehr
ersparen

Unbeschreiblich

Es gibt
Tage im Leben
von Entsetzen
und Trauer
das kann man
keinem Menschen
beschreiben
was das
für Tage sind

Vergessen zu leben

Wer auf den Tod vergisst
vergisst auch auf das Leben

Sie hatte vergessen
zu leben

sie hatte aufgehört
zu essen
und zu trinken

sie hatte
die Sprache
verloren

sie hatte die Menschen
die sie liebten
vergessen

sie hatte sich
in ihr weißes
Bett gelegt

sie hatte Löcher
in die weiße Decke
gestarrt

sie hatte sich langsam
zur Wand
umgedreht

sie hatte
die weiße Wand
angeschaut

sie hatte
die Zeit
vergessen

sie hatte
das Leben
vergessen

Der Nebel so grau

Schemenhaft
verschwindet
das gewaltige
Schiff
im grauen
Nebel

auf der
Fahrt
zu seinem
Untergang

die Last
der Verlorenen
ist zu schwer

winkend stehen
Gestalten
am Ufer
in ahnungsvoller
Ohnmacht

die Trauerschleier
warten

Schwarze Schleier

Lass
die schwarzen Schleier
sinken

über Gesichter
erstarrt
in Trauer

die Tränen
rinnen
nach innen

Lass
die Schleier der Barmherzigkeit
das Leid verhüllen
vor den Augen
der Welt
ohne Erbarmen

Im goldenen Kornfeld

Freundlich
schaut er mich an
zeigt mir heute
sein schönes Gesicht

warte nur
Schönheit vergeht
Freundlichkeit schwindet
wenn die Sense
geschliffen wird
im goldenen Kornfeld
wogend
im Wind

Traumtänzer

Dieser Tanz
nicht
er sollte noch nicht
für mich sein
mein Verhängnis
sein
geheime Macht
aus der Tiefe
der Zeit

der Tänzer
in Nebel gehüllt
reicht mir die Hand
und ich folge ihm
auf die Tanzfläche
der Verlorenen
ob ich will
oder nicht

Die letzten Tage

Die letzten Menschen
der Allerletzte

die letzten Kinder
das Allerletzte

die letzten Tage
der Allerletzte

Der große graue
Mantel der Trauer
breitet sich aus

schweigend
nehme ich
meinen Platz ein
in seinem Schatten

der sich ausrollt
über die vergangene
bunte Welt

Spuren

Spuren
hinterlassen
Spuren
verwischen
spurlos
verschwinden
leichter werden
hinauf steigen
sich auflösen
das Licht sehen
und erkennen

Mit dem Koffer in der Hand

Ankommen
mit dem Koffer
in der Hand
immer schwerer
werdend

zaghaft verharren
zwischen Licht
und Schatten
wartend
auf die Wassergeister

weggehen
mit dem Koffer
in der Hand
immer leichter
werdend

Inhalt